Lorsque Simon revient
avec le feutre et dit :
« Je vais dessiner
tous
les boutons de commande ! »
Ferdinand répond :
« **NON !**
C'est MOI qui le fais.
Va chercher un coussin
pour faire le siège ! »
Alors,
Simon va chercher
le coussin
et lorsqu'il revient…

Loi numéro 49 956 du 16 juillet 1949 sur les publications
destinées à la jeunesse : mars 2017
Dépôt légal : mars 2017
Imprimé en France par Pollina à Luçon - L79735
ISBN 978-2-211-23109-1

Stephanie Blake

Mais… c'est pas juste !

l'école des loisirs
11, rue de Sèvres, Paris 6e

Aujourd'hui,
Simon et Ferdinand
construisent un
AVION
en carton.

« Va chercher
un
GROS
feutre noir
pour dessiner
le tableau de bord »,
dit Ferdinand.
« OUAIS !
Bonne idée ! »
répond Simon.

Ferdinand le lui arrache
des mains et dit :
« GÉNIAL !
Maintenant,
VA CHERCHER
une assiette en carton
pour faire le volant ! »
Et lorsque Simon, vexé,
demande :
« Pourquoi c'est
TOUJOURS MOI
qui dois
ALLER CHERCHER
les choses ? »
Ferdinand lui répond :

« Parce que,
sinon,
je ne suis
PLUS
ton copain. »

Alors,
comme Simon
veut rester copain
avec Ferdinand,
IL VA CHERCHER
l'assiette en carton.

AIR
AIR FERDI NAND

Cette nuit-là,
Simon rêve
que Ferdinand lui demande
de démonter l'avion
parce qu'il est
NUL.
Simon se réveille en sueur
et hurle :

«C'EST PAS JUSTE !»

Lorsque Gaspard se réveille
et demande :
« Quoi lépajuste ? »
Simon répond :
« Ferdinand m'oblige à faire
PLEIN
de choses
que je ne veux pas faire
et
C'EST PAS JUSTE ! »
« Poulquoi tu les fais alors ? »
demande Gaspard.

« Parce que, sinon,
il ne veut plus
être mon
copain ! »

« Blen moi,
des copains comme ça,
z'en veux pas ! »
dit Gaspard.

Gaspard a donné
une idée
TERRIBLEMENT
HORRIBLEMENT
GÉNIALE
à Simon.
Et le lendemain matin…

… lorsque Ferdinand lui dit :
« On joue à cache-cache.
C'est toi qui comptes,
sinon je ne suis plus
ton COPAIN »,
Simon répond :

**«Ça tombe bien,
parce que des copains
comme toi,
finalement,
J'EN VEUX PAS !»**